U0061204

【國際安徒生插畫大獎系列】

怪獸發電廠

作　　者：馬克思．維特惠思（Max Velthuijs）[荷蘭]
繪　　畫：馬克思．維特惠思（Max Velthuijs）[荷蘭]
翻　　譯：陳立妍
責任編輯：甄艷慈
出　　版：新雅文化事業有限公司
香港英皇道 499 號北角工業大廈 18 樓
電話：(852) 2138 7998
傳真：(852) 2597 4003
網址：http://www.sunya.com.hk
電郵：marketing@sunya.com.hk
發　　行：香港聯合書刊物流有限公司
香港新界大埔汀麗路 36 號中華商務印刷大廈 3 字樓
電話：(852)2150 2100
傳真：(852)2407 3062
電郵：info@suplogistics.com.hk
版　　次：二 O 一六年七月初版
10 9 8 8 7 6 5 4 3 2 1

ISBN：978-962-08-6599-2
Original title: Das gutherzige Ungeheuer
Written and illustrated by Max Velthuijs

18/F, North Point Industrial Building, 499 King's Road, Hong Kong Published in Hong Kong

怪獸發電廠

文．圖／馬克思．維特惠思（Max Velthuijs）
翻譯／陳立妍

新雅文化事業有限公司
www.sunya.com.hk

很久很久以前，有個國家位於沒有人知道的一條小路上，裏面有個寧靜的小鎮，居民們過着安樂的生活。

他們認真工作，專注於自己的事情，沒有什麼事好煩心的。

直到有一天，一個農夫驚慌地跑向鄰居們。

「有人偷了我種的玉米！」他大叫。

「是誰？我們趕快去看看！」鄰居們說。

他們磨拳擦掌，決定去抓住那個小偷。

但是他們連一個人影也沒看到。

第二天太陽還沒升起，大家就起牀了。突然，他們在玉米田邊看到一道巨大的火光。

他們趕緊通知消防隊。消防車響着警鐘和警笛聲立刻趕到。

可是，一幅可怕的景象出現在消防隊員面前——田邊有一隻會噴火的怪獸！

P. 2

消防隊員用強力的水柱噴灑，終於成功地撲滅了火焰。

怪獸站在樹林邊，悲傷地看着消防隊員，農夫們也盯着怪獸瞧。

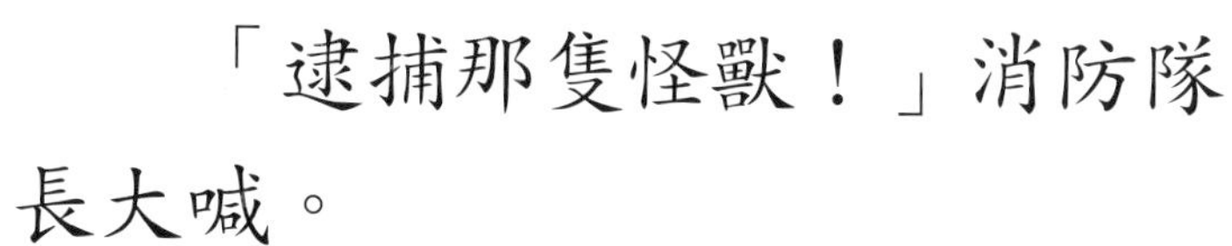

「逮捕那隻怪獸！」消防隊長大喊。

儘管怪獸立即轉身逃跑了，但由於之前被大量噴水，牠已經精疲力盡，掙扎了一會兒就被抓住了。

垂頭喪氣的怪獸被帶進小鎮，受到嚴密看管。居民們爭先恐後地想看怪獸的模樣，連鎮長也出來感謝消防隊員們。居民們對怎樣處理這個與眾不同的囚犯，有許多不同意見。

「把牠關進監牢！」有人說。

「攻擊牠！」另一個人說。

「拜託，我叫馬文，我不想被攻擊。」

怪獸開口說話了。

最後，一位受敬重的將軍出面，他認為這隻噴火怪獸可以成為一名士兵，決定明天就開始訓練牠。

馬文被帶到訓練場，牠的眼前豎立着一塊靶。

「現在，瞄準靶心——噴火！」將軍喊着。但是，馬文閉着眼睛，搖着尾巴，低頭吃草。

「老兄，讓我們再來一次。預備、穩住——噴火！」將軍說。

馬文抬頭看了他一眼，繼續吃着另一邊的草。

「拜託！我是很溫和的怪獸，並不想成為士兵。」馬文說。

不論將軍怎麼叫喊，馬文都不為所動。

「好吧，既然這隻怪獸一點也不危險，何不利用牠來賺錢呢？我們可以把牠放在籠子裏，讓大家付錢來看牠。」鎮長說。

於是，鎮長請人做了一個又大又堅固的籠子，讓馬文待在裏面。

馬文非常討厭待在籠子裏，所以牠舉起又長又重的尾巴，把鐵條拔起來，然後帶着籠子一起走掉了。

「拜託！我是很害羞的怪獸，不喜歡被一直盯着看。」馬文邊走邊說。

鎮長很煩惱，不知道該怎麼辦。

他只好請教一位聰明絕頂、戴着眼鏡的禿頭專家。

專家整個晚上都在想計劃、畫設計圖。

「我發明了一座發電廠，」專家說，「它可以利用怪獸噴出的火來發電。電可以把燈點亮、把水煮沸、加熱爐灶，非常有用。」於是，事情就按照計劃開始執行了。

　　這是一項大工程。

　　乒乒乓乓！這裏挖洞，那裏鏟土。好多人跑來跑去，到處都是叫喊聲。

　　發電廠終於蓋好了，這是專家感到最驕傲的一天。

星期一早上，馬文開始工作了。

牠對着一條管子噴火，直到發電廠開始運作。

馬文非常喜歡這個好主意。

有了電之後，家家戶戶夜晚都點亮電燈。大人和小孩都可以洗熱水澡，媽媽們可以用電鍋煮飯，用電暖爐溫暖雙腳。

原本想把怪獸關進監牢或攻擊牠的居民們想法改變了。

現在，他們都搶着要照顧噴火怪獸呢！他們為馬文準備晚餐，烤蛋糕給牠吃，還覺得這些都無法表達他們對馬文的謝意。

鎮長還邀請馬文到家裏，贈送一面獎牌給牠，讓馬文感動得流下眼淚。

從此以後，馬文開始在小鎮上工作。牠每天都會慢跑到河邊，讓自己涼快一下。

馬文最常說的話，
就是為自己身為一隻善
良的怪獸而感到
幸運——
誰知道以後會
發生什麼事呢？

現在，馬文覺得——人類也不是那麼壞嘛！